鴉

新装版

西村麒麟

港の人

鶉

新装版

目次

鶉

新装版

秋

へうたんの中より手紙届きけり

へうたんの中に見事な山河あり

へうたんの中へ再び帰らんと

ぶらついて団扇に秋の来たりけり

島の秋覗けば何かゐる海に

なつかざる秋の金魚となりにけり

一回も負けぬ気でゐる相撲かな

秋蟬や死ぬかも知れぬ二日酔ひ

絵が好きで一人も好きや鳳仙花

満月のごとき西瓜を今年また

いくつかは眠れぬ人の秋灯

店変へてこれも夜学と思ふべし

桔梗のつぼみは星を吐きさうな

我が庭は小さけれども露の国

蟹動くどの白露もこぼさずに

虫籠に胡瓜が入るほどの穴

虫籠の茄子に虫が集まらず

虫の闇伸びたり少し縮んだり

鈴虫の籠に入つて遊ぶもの

虫売となつて休んでゐるばかり

鈴虫を上から覗く十二匹

馬追に大きな影や斜め下

叱られぬ程度の酒やちちろ虫

大久保は鉦叩などゐて楽し

その一つをかしきほどに鉦叩

けふの月野菜を持参したる人

深空よりあきつの湧ける信濃かな

初雁や野菜どつさり持ち帰れ

いきいきと秋の燕や伊勢うどん

さて秋の燕のやうに帰らうか

それぞれの悩み小さく鯊を釣る

初めての趣味に瓢箪集めとは
困るほど生姜をもらひ困りけり

爽やかな空振りを積み重ねけり

秋晴や会ひたき人に会ひに行く

声高き男の子から赤い羽

天高しこれが社長のキャデラック

安心の馬にもありて肥えにけり

秋風や大きな鯉のゐる暮らし

海老曲がる母の天ぷら秋の雨

新米や大働きをするために

いつの間に妻を迎へし案山子かな

ばつたんこ手紙出さぬしちつとも来ぬ

すぐそこが見えざる夜や下り鮎

落鮎や大きな月を感じつつ

とびつきり静かな朝や小鳥来る

柿の秋どんどん知らぬところへと

柿剝いてくれし三味線最初から

柿吊るす事の巧みな妻が欲し

お見合ひの真つ最中や松手入

よろよろや松の手入に口出して

美しく菊咲かせたりだんご屋に

この人と遊んで楽し走り蕎麦

一人は寂し鹿が立ち鹿が立つ
飛び跳ねて鹿の国へと帰りけり

猪を追つ払ふ棒ありにけり

ゆく秋の蛇がとぷんと沈みけり

秋惜しむ贔屓の店を増やしつつ

来なければ気になる猫や暮の秋

晩秋や小さき花束なれど抱く

冬

ユトリロに見せたき冬の銀座かな

大根の上を次々神の旅

上野には象を残して神の旅

細長き日本の楽器初しぐれ

夕暮をそれぞれ帰る熊手かな

大根をすらすら抜いてゆきにけり

すぐ乾く母の怒りや大根干す

父親に力ありけり蓮根掘る

凩やうどんがぽんと明るくて

滅ばざるもののひとつや鶴の足

華やかな鶴と優しき大きな亀

鶴の句が鶴になるまで唄へけり

初氷あちこち猫のゐる街に

電気を消して闇汁に丸いもの
闇汁に闇が育つてしまひけり

おでん屋のあたりまで君居たやうな

人知れず冬の淡海を飲み干さん

玉子酒持つて廊下が細長し

仏壇の大きく黒し狩の宿

すつと立つ兎を美女と見てゐたり

耐へ難き説教に耐へずわい蟹

すぐそこの河豚宿にして見つからず
河豚食うて今後の事をへうへうと

永遠の田園をゆく冬の蝶

冬の蠅怠けても良き時間あり

冬ごもり鶉に心許しつつ
絵屏風に田畑があつて良き暮らし

さつぱりと布団の中で忘れけり

鎌倉に来て不確かな夜着の中

冬帽や君昔から同じかほ

手をついて針よと探す冬至かな

冬至の日墨で描かれし人動く

墨汁が大河のごとし蕪村の忌

象のする大あくびこそ年忘れ

黄金の寒鯉がまたやる気なし

何もなく寒鯉の又沈みゆく

凍鶴のわりにぐらぐら動きよる

ぜんざいやふくら雀がすぐそこに

子規庵に子規居るごとし冬の草

むかうとはあふみの向かう冬すすき
美しきものを食べたし冬椿

草城忌水玉もまた男傘

大好きな春を二人で待つつもり

節分の鬼の覗きし鏡かな

鬼やらふ闇の親しき夜なりけり

新年

はや船の行き交ふ島や大旦

初晴や西国は山愛らしく

初風やここより見ゆる海の街

初電車子供のやうに空を見て
跳び超えてうさぎの年が来たりけり

あなご飯食うていよいよ初詣

健脚の草履の寺へ初詣

坂の町尾道の子へお年玉

お雑煮のお餅ぬーんと伸ばし食ふ

どの島ものんびり浮かぶ二日かな

はねあげるところ楽しき吉書かな

初湯から大きくなつて戻りけり

勇ましき室戸の波や宝船

父は我がTシャツを着て寝正月

福笹の鯛がおでこにあたりをり

春

ポケットに全財産や春の旅

佐保姫の道は海にもあるらしく
佐保姫が寄席に入つて来たりしよ

紙切りの鋏が長し春動く

鉄斎の春の屏風に住み着かん

けふ母の少し華やぐ針供養

江ノ島を駆け巡るなり猫の恋

うだうだと楽しき梅の茶店かな

鶯が太つてゐたる事楽し

鶯を鶯笛としてみたし
うつかりや鶯笛を忘れたる

鶯笛に先生の死を言ひ聞かす

夕べからぽろぽろ泣くよ鶯笛

天上へ鶯笛は届くかな

盆梅を鳴雪翁と名付けんや

昼酒が心から好きいぬふぐり

立子忌の次の日もまたよく晴れて

山笑ふ欅が少しはみ出して

涅槃図の象ほど大き鳥や何

おしるこや松島は今雪の果

途中まで鶴と一緒に帰りけり

鶴引くや八田木枯なら光る

光合ふ三面鏡や鶴帰る

てふてふと書いては翔ばす井月忌

ひさごからこぼるる鶴や井月忌

あくびして綺麗な空の彼岸かな

貝寄風や旅の続きを一歩一歩

燕来る縦に大きな信濃かな

街洗ふ朝のひかりやつばくらめ

雑に蒔く事の楽しき花の種

田楽や男同士の照れ臭く

木の芽和少しの酒をうまさうに
青饅や我ら静かに盛り上がる

鰆食ふ五つの寺をはしごして

嫁がゐて四月で全く言ふ事無し

紙箱に鶯餅やちよんちよんと
東をどり遊びの尽きぬ人ばかり

それぞれの春の灯に帰りけり

松島におぼろの島の二百ほど

ことごとく平家を逃がす桜かな

学生でなくなりし日の桜かな

東京を離れずに見る桜かな

花曇釣る気少なき釣りをして

清盛が釣りに釣つたり桜鯛

チューリップみたいな人の誕生日

孕み鹿歩いて逃げて行きにけり

春風や一本の旗高らかに

この国の風船をみな解き放て
朝寝してしかも長湯をするつもり

エンジンの大きな虻の来たりけり

雀の子雀の好きな君とゐて

残花かな月の光を通しつつ

掛軸の山河が遠し夕蛙

雨読とは良き言葉なり遠蛙

夏

星を見に南へ行かん更衣

ひさご苗桃源郷でもらひけり
ひさご苗桃源郷を作らんと

蓬莱は糸瓜の苗を植うる頃

君に貸す本の多さよ椎若葉

仙人の家に必ず鉄線花

花石榴父のお客はみな怖し

江ノ電に綺麗な梅雨のありにけり

雨もまた良しうなぎ屋の二階より

たましひの時々鰻欲しけり

貝の上に蟹の世界のいくさかな

すぐそこで蟹が見てゐるプロポーズ

かたつむり大きくなつてゆく嘘よ

かたつむり東京白き雨の中

青梅や孤独もそつと大切に

玉葱を疑つてゐる赤ん坊

火取虫戦ふためのの本の山

月光へ再び鮎を返しけり

俊寛に鰹が釣れてよき日かな

働かぬ蟻のおろおろ来たりけり

ぴつしりと魚を干して南風

夏蝶を入れて列車の走り出す

若竹の北鎌倉も雨ならん

旅らしくなりたる旅の夕立かな

花茣蓙の冷たさもまた郷里かな

かぶと虫死なせてしまひ終る夏
東京へ再び青き山抜けて

涼しくていつしか横に並びけり

紺色の朝が来てゐる涼しさよ

旅浴衣ここにも稲荷神社かな

唐へ行く大きな船や籠枕

隋よりも唐へ行きたし籠枕

陶枕は憶良にねだるつもりなり

陶枕や無くした傘の夢を見て

端居して幽霊飴をまたもらふ

訪れし人の数だけラムネ瓶

青年期過ぎつつありぬソーダ水

冷麦や少しの力少し出す

冷酒を墨の山河へ取りに行く

へうたんの中に無限の冷し酒

こぼさずにこぼるるほどに冷し酒

鯖鮓のためにやうやう起きて来し
鱧鮨の太きを一つ手土産に

いつまでも死なぬ金魚と思ひしが

手を振つて裸の男の子が通る

夕焼雲尾道は今鐘の中

千光寺親しき島の夕焼けて

どの部屋に行つても暇や夏休み

香水や不死身のごときバーのママ

百日紅用の無き日も訪ね来よ

夏の果さつと出て来る漁師飯

新装版あとがき

第一句集『鶪』からもう十年が経ちます。私家版で二百冊しか作成しませんでしたので、現在は古書店でも見かけることはありません。

『鶪』から十年、母をはじめ多くの別れを経験し、十三年勤めた仕事もコロナ禍で呆気なく失いました。永住しても良いと考えていた神奈川県の柿生から、江東区の砂町へ引越して早一年が過ぎ、今は俳句だけを仕事として暮らしています。

何が正解かはわかりませんが、とにかく前へ、前へと進んでいます。その際一度も俳句を手放そうと考えたことは無く、俳句の方もずっと僕を守ってくれていたように思います。

結社「麒麟」を立ち上げる決意をしたのは、三十代最後の大勝負。

同時期に港の人より『鶉』新装版を出していただけることとなりました。港の人の上野勇治さんと、上野さんを紹介して下さった友人の小川楓子さんに感謝申し上げます。

命を完全に燃やし尽くすような生き方をしたい、もちろん楽しみながら。

令和四年十二月三十日　砂町にて

西村麒麟　にしむら・きりん
一九八三年大阪府生まれ。現在、東京都江東区在住。
俳句結社「麒麟」主宰、「古志」同人。
句集に『鶉』（二〇一三年）、『鴨』（二〇一七年）。
二〇〇九年、「静かな朝」二十句により第一回石田波郷新人賞。
二〇一四年、第四回芝不器男俳句新人賞大石悦子奨励賞。
同年、『鶉』により第五回田中裕明賞。
二〇一六年、「思ひ出帳」百五十句により第七回北斗賞。
二〇一九年、「玉虫」五十句により第六十五回角川俳句賞。
二〇二三年、結社「麒麟」創刊。

麒麟俳句会ホームページ
https://kirinhaikukai.com/
麒麟俳句会メールアドレス
kirin.haikukai.2023@gmail.com

＊本書は、『鶉』（私家版、二〇一三年十二月二十七日発行）を底本とした。

鶉《うずら》　新装版

二〇二三年四月八日初版第一刷発行

著者　西村麒麟
装幀　関宙明　ミスター・ユニバース
発行者　上野勇治
発行　港の人
神奈川県鎌倉市由比ガ浜三ー一一ー四九
〒二四八ー〇〇一四
電話〇四六七ー六〇ー一三七四
ファックス〇四六七ー六〇ー一三七五
www.minatonohito.jp
印刷製本　創栄図書印刷

ISBN978-4-89629-418-7　C0092